Bibliografische Information der Deutschen Nationalbibliothek:
Die Deutsche Nationalbibliothek verzeichnet diese Publikation in der Deutschen Nationalbibliografie; detaillierte bibliografische Daten sind im Internet über dnb.d.nb.de abrufbar.

Nachdruckverbot
Das Werk, einschließlich seiner Teile, ist urheberrechtlich geschützt. Jede Verwertung ist ohne Zustimmung der Autoren unzulässig. Dies gilt insbesondere für die elektronische oder sonstige Vervielfältigung, Übersetzung, Verbreitung und öffentliche Zugänglichmachung.

Impressum
2015 © Carmen Sabernak, alle Rechte vorbehalten

Herstellung und Verlag:
BoD - Books on Demand GmbH, Norderstedt

Satz und Layout:
Nicole Mewes

Bildnachweise:
© by-studio © sonne fleckl - Fotolia.com
© Carmen Sabernak und Nicole Mewes - Privatarchiv

ISBN: 9783738629262

Geschichten

aus der Reihe
„Perlen unserer Erinnerung"

Am Wege blüht Vergissmeinnicht

Carmen Sabernak (Hrsg.)

Inhalt

Der Garten	7
April	13
Oma Huschke	15
Leise zieht durch mein Gemüt	20
Kinderjahre	21
Vorschulzeit	21
Der erste Schultag	23
Schulwege	24
Spielzeit	27
Kindheitserinnerungen	31
Komm lieber Mai und mache	36
Getreideernte in den 40-er Jahren	39
Die Feuerzangenbowle in Günthersleben	49
Kartoffeldämpfen fürs liebe Vieh	53
Durchzug von Flüchtlingen mit ihren Trecks	59

Vorwort

Carmen Sabernak hatte die Idee, die Erinnerungen unterschiedlicher Menschen zu sammeln.

Erinnerungen, die wertvoll wie Perlen sind. Sie fragte in der Teltower AWO-Gruppe nach und es fanden sich schnell MitstreiterInnen.

Einmal im Monat trafen sie sich, tauschten Erinnerungen aus, lasen aus ihren Geschichten und verbrachten schöne gemeinsame Stunden. So wurde recht schnell der Entschluss gefasst, diese „Perlen unserer Erinnerungen" in kleinen Büchern aufzubewahren.

Die Geschichten sind so unterschiedlich, wie die Menschen, die sie erlebt haben. Einzelne Geschichten wurden zum Teil schon vor einigen Jahren verfasst. Deshalb finden sich teilweise auch noch Texte in der alten Rechtschreibung. Diese wurden absichtlich nicht angepasst, denn es sind Perlen aus der betreffenden Zeit.

Wir wünschen Ihnen ebenso viel Vergnügen beim Lesen, wie wir Freude hatten, das Buch zu gestalten.

Herzliche Grüße
das AutorInnenteam

Der Garten

„Blumen sind das Lächeln der Erde"

(Ralph Waldo Emerson, 1803-1882, amerikanischer Philosoph und Schriftsteller)

„Was ist das für ein schöner Garten?" Agnes genießt mit Ruth die wärmenden Sonnenstrahlen am Anfang des launischen Monats April. Ein Vers aus Kindertagen kommt ihr in den Sinn:

„April, April.
Er weiß nicht was er will.
Mal Regen und mal Sonnenschein"...

Sie stockt. „Sag, Ruth, wie geht es denn weiter?"

Vor lauter Überlegung zieht Ruth die Augenbraue hoch, achtet aber trotzdem darauf, dass Agnes bei ihr untergehakt bleibt. So kann sie sicher sein, dass beide weiter auf dem Weg wandeln.

Es ist ein früher und schöner Frühling. Bereits Anfang März hörte man fröhliches Vogelgezwitscher und mochte den Wintermantel nicht mehr anziehen. Der wurde nun in die hinterste Ecke des Kleiderschrankes verbannt. Die Stiefel wurden noch einmal geputzt und nun können sie warten, bis es wieder Winter wird. Eine leichte Jacke, vielleicht ein Schal und früh noch ein paar Handschuhe, das reichte aus und machte das Straßenbild wieder bunter.
Das Leben wurde wieder bunter.

„Mal Regen und mal Sonnenschein,
wie wird das Wetter morgen sein?"

„Nein, das war es nicht." Ruth schaut ebenso fragend. Die beiden sehen sich an, lachen und gehen unbekümmert weiter. Hier und da bleiben sie stehen und betrachten die bunten Blumen.

Agnes ist entzückt. Sie sieht eine Bank und bittet Ruth um eine kleine Pause. „Wir sind doch schon so weit gelaufen, setz Dich doch bitte zu mir." Sie bleiben untergehakt und sitzen, gedankenversonnen mit dem Blick auf Schneeglöckchen, Tulpen, Narzissen und Primeln. „Wie schön es hier ist, und wie ruhig", flüstert Agnes. „Ja", flüstert Ruth zurück.

„Mal Regen und mal Sonnenschein
Der Mai wird erst beständig sein."

„Quatsch, so geht das auch nicht". Agnes tippt sich mit dem Zeigefinger an die Stirn. „Ich kann es nicht fassen, warum fällt mir denn die letzte Zeile nicht ein? Ich weiß auch nicht, war es nun ein Gedicht oder einfach nur ein Kinderreim?"

Die Sonne wärmt die beiden Frauen auf ihrer Bank und sie entdecken ein Eichhörnchen, das zwischen den hohen Bäumen hin und her flitzt. Ein zweites gesellt sich dazu und die beiden Frauen müssen lachen. Es sieht zu lustig aus, wie die beiden umherjagen. „Schau Ruth, als würden sie verstecken spielen. Kennst Du noch den Abzählreim von früher?" „Natürlich", bestätigt Ruth. „Aber sag mal, welchen Du kennst."

Agnes beginnt:

„Eins, zwei, drei, vier Eckstein.
Alles muss versteckt sein.
Hinter mir, vor mir, über mir, unter mir,
gibt es nicht.
Eins, zwei, drei. Ich komme!"

Sie kommt richtig in Fahrt: „Ja, das war lustig früher. Und wie lange wir das gespielt haben. Manchmal wurde es schon dunkel und wir hatten ganz das Heimgehen vergessen". Agnes hält die Augen geschlossen und träumt von dieser Zeit. „Ich hatte früher schon einmal eine Freundin, die Ruth hieß. Mit der habe ich immer gespielt, weil sie ganz in der Nähe wohnte. Was aus der wohl geworden ist?"

Ruth zuckt mit den Schultern. „Das weiß ich leider nicht. Aber vielleicht fällt es uns ja wieder ein." Sie streichelt über den Arm ihrer Begleitung. „Vielleicht fällt es uns ja wieder ein."

Agnes bewegt sich nicht. Sie singt mit glockenklarer Stimme ganz leise vor sich hin:

„Komm, lieber Mai, und mache
die Bäume wieder grün,
und lass mir an dem Bache
die kleinen Veilchen blüh'n!
Wie möcht' ich doch so gerne
ein Veilchen wieder seh'n!
Ach, lieber Mai, wie gerne
einmal spazieren geh'n!"

„Das haben wir auch immer gesungen. In der Schule. Ich glaube, ich konnte schön singen." Sie zuckt zusammen und rückt sich gerade. „Mir wird kalt, können wir nach Hause gehen?"
„Wenn ich mal gestorben bin, dann möchte ich gern hier in diesem Garten begraben werden. Hier bei den vielen bunten Blumen. Meinst Du das geht?" Ruth streichelt über ihre Hand. „Ja, ganz gewiss ist das möglich."

In aller Ruhe verlassen sie den Friedhof durch das wunderschöne, schwere Eisentor, bewundern die vielen Vergissmeinnicht, die am Wege blühen und gehen behutsam auf dem Kopfsteinpflasterweg zurück. Agnes wohnt in einer WG für demente

Menschen. Dort gibt es in einer Stunde Abendessen. Das schaffen sie bequem.

Es war ein schöner Nachmittag und Ruth freut sich, dass sie der alten Dame eine Freude machen konnte. Vielleicht kann Agnes sich nächste Woche schon nicht mehr an sie erinnern, aber heute hat sie sich erinnert. An Früher. Und an eine Freundin. Nächste Woche geht sie wieder mit ihr spazieren.

„April, April,
der weiß nicht, was er will!
Mal Regen und mal Sonnenschein,
dann hagelt's wieder zwischendrein.
April, April,
der weiß nicht, was er will!"

Ruth jubelt still in sich hinein. Plötzlich, auf ihrem Heimweg, ist der Kindervers wieder da. So haben sie ihn immer aufgesagt. Sie lächelt. Was für ein schöner Tag.
Und Agnes sitzt beim Abendbrot und bewundert die roten Tulpen auf dem Tisch. Sie lächelt auch.

Carmen Sabernak

April

April! April!
Der weiß nicht, was er will.
Bald lacht der Himmel klar und rein,
Bald schaun die Wolken düster drein,
Bald Regen und bald Sonnenschein!
Was sind mir das für Sachen,
Mit Weinen und mit Lachen
Ein solch Gesaus zu machen!
April! April!
Der weiß nicht, was er will.

O weh! O weh!
Nun kommt er gar mit Schnee!
Und schneit mir in den Blütenbaum,
In all den Frühlingswiegentraum!
Ganz greulich ist's, man glaubt es kaum:
Heut Frost und gestern Hitze,
Heut Reif und morgen Blitze;
Das sind so seine Witze.
O weh! O weh!
Nun kommt er gar mit Schnee!

Hurra! Hurra!
Der Frühling ist doch da!
Und kriegt der raue Wintersmann
Auch seinen Freund, den Nordwind, an
Und wehrt er sich, so gut er kann,
Es soll ihm nicht gelingen;
Denn alle Knospen springen,
Und alle Vöglein singen.
Hurra! Hurra!
Der Frühling ist doch da!

Heinrich Seidel (1842-1906)

Oma Huschke

Es war gar nicht immer so einfach, sich in der Welt der Erwachsenen zurechtzufinden. Jedenfalls nicht, wenn manche von ihnen komische Dinge machten. Sie wurden auch nicht ausgeschimpft. Ursula verstand die Welt manchmal überhaupt nicht.

In den ersten Schulferien durfte Ursula ihre Tante Trude besuchen. Die wohnte in einer kleineren Stadt und bekam schon Rente. Sie hatte also viel Zeit. So dachte jedenfalls Ursula. Tante Trude war schon sehr alt. So ungefähr sechzig Jahre. Das war für Ursula sehr alt. Sie hatte immer eine Schürze um und auch immer viel zu tun. Kochen, backen, im Waschhaus sein, einkaufen und die Mutter besuchen. Sonntags ging sie in die Kirche. Das war auch so eine Sache.

Ursula trabte, mehr oder minder freiwillig, mit Tante Trude in die Kirche. Sie war bisher nie in einem katholischen Gottesdienst gewesen. Ursula fand die Blätter im Gesangbuch sehr schön, hauchdünn und mit schöner Schrift beschrieben. Aber es hatte keine Bilder. Die schaute sie sich eben an den Wänden an. Manche machten ihr Angst, manche wenig Mut. Aber es gab auch Bilder, die schön waren. Die Engel, die sahen fröhlich und pausbäckig auf die dunkel gekleideten Kittelschürzenfrauen herunter. Männer sah Ursula nur wenige in den Holzbänken. Und plötzlich waren auch die Frauen weg. Eben saß Tante Trude noch neben ihr und plötzlich kniete sie auf dem Boden. Ursula rutschte ebenfalls schnell von ihrer Bank und wollte Tante Trude aufhelfen. Hoffentlich hatte sie sich nichts getan? Sie hatte sich nichts getan. Sie schimpfte mit Ursula, weil man stille ist in der Kirche. Und beim Beten. Nur der Pastor spricht. Der darf laut beten.

Mit lautem Rascheln rückten sich alle wieder auf ihre Bank und dann wurde gesungen. Derweil kam eine Dame mit Häubchen und „Klingelbeutel" herum und sammelte milde Gaben. Ursula hatte keine Gaben dabei, aber Tante Trude warf mit Schwung ihr Geld hinein. Es sollte ja viel klingeln, wie Ursula später erfuhr. Das machten alle so. Besonders die wenigen Männer. Die brauchten das Geld für die Kneipe, die gleich neben der Kirche war. Da waren dann auch wieder viele Männer zu sehen. Manche wurden von ihren Kittelschürzenfrauen eingesammelt. Manche steckten ihre roten Nasen weiter ins Glas und murmelten undeutlich hinter ihren Leidensgenossen her.

Tante Trude wollte noch zu ihrer Mutter und Ursula wollte notgedrungen auch. Sie gingen die Straße hoch und standen nach wenigen Minuten vor der Tür. Oma Huschke war beim Kartoffelschälen und Ursula staunte über den ziemlich großen Topf mit Kartoffeln, der neben dem Herd stand. Oma Huschke hatte noch gar nichts gegessen und schon großen Hunger. Sagte sie. Aber Tante Trude räumte den Tisch im Wohnzimmer ab und brachte das Geschirr zum Abwasch in die Küche. „Ach Mutter, Du hast doch grad gegessen". „Nein, nein, habe ich nicht. Ich habe Hunger. Ich habe jetzt Hunger." Oma Huschke blieb am Herd und hielt ihren Topf fest. Ursula war erstaunt, dass diese kleine zierliche Person so viele Kartoffeln essen konnte. Aber sie fragte nichts und sagte nichts. Sie wollte gern wieder gehen, aber erst wurde abgetrocknet. Oma Huschke stellte den mitgebrachten Strauß Vergissmeinnicht in die richtige

Vase. Sie liebte diese Blumen sehr. Auf dem Paradehandtuch in der Küche waren sie auch aufgestickt.

Auf dem Heimweg wurde nicht viel gesprochen. Erst zu Hause beim Opa, da wurde über das weitere Schicksal von Oma Huschke verhandelt. Dass man sie zu sich nehmen müsse. Sie zündet ja noch mal das Haus an. Sie wisse nicht mehr, was und wie viel sie esse. So ginge das nicht. Man müsse sie zu sich nehmen.

So kam es auch. Oma Huschke wohnte ein Jahr später beim Opa und bei Tante Trude, die eine Lebensgemeinschaft führten. Sie war wirklich schon ein bisschen „verhuscht" (darüber musste Ursula manchmal lachen). Sie wischte fünfmal am Tag Staub und vergaß manchmal Kleidungsstücke anzuziehen. So stand sie einmal nur mit der Vorbindeschürze in der Küche und die Rückseite war unbedeckt. Der Blümchenschlüpfer war in seiner ganzen Schönheit zu sehen. Man konnte sie manchmal gerade noch aufhalten, ehe sie *so* über den Hof oder auf die Straße ging. Passiert ist es leider trotzdem und das tat dann allen leid. Sie sollte ja nicht zum Gespött der Leute werden.

Darum passten alle immer gut auf sie auf.

Wenn sie bei den Hausarbeiten dabei war, dann fühlte sie sich wohl. Den Abwasch erledigte sie ganz in Ruhe und oft sang sie dabei mit zartem Stimmchen. Am liebsten sang sie das Frühlingslied von Heine. Das erklang dann pausenlos hintereinander. Jeder konnte es bald mitsingen. Besonders wichtig waren aber Handarbeiten. Sie konnte noch immer bei allen Näharbeiten helfen und das machte sie gern. Und Hohlsäume nähen, das konnte keiner so gut, wie Oma Huschke.

Sie wanderte später viel in der Wohnung herum und stand beim spannendsten Film ganz sicher im Fernsehbild. Doch bei Halma und Schafskopf machte ihr so schnell keiner etwas vor. Und sie gewann oft. Und dann lachte sie aus vollem Herzen.

In diesen Momenten mussten alle mitlachen und Oma Huschke schaute glücklich in die Runde.

Carmen Sabernak

Leise zieht durch mein Gemüt

Leise zieht durch mein Gemüt
Liebliches Geläute.
Klinge, kleines Frühlingslied,
Kling hinaus ins Weite.

Kling hinaus, bis an das Haus,
Wo die Blumen sprießen.
Wenn du eine Rose schaust,
Sag, ich lass sie grüßen.

Heinrich Heine (1797-1856)

Kinderjahre

Vorschulzeit

Nach dem 2. Weltkrieg lebten Helga und ihre Familie in einem Dorf, südlich von Berlin. Sie wohnten in einem kleinen Haus am Rande eines Waldes, der die Siedlung von dem eigentlichen Dorf trennte.

Sie war erst vier Jahre alt, lernte aber bald die Pflanzen und Tiere kennen, die im und am Wald lebten. In der Nähe gab es auch Wiesen und Sümpfe. Dorthin gingen Helga und ihre drei Jahre ältere Schwester Irmgard und drangen immer tiefer in die schöne Natur ein.

Dort wuchsen Wiesenschaumkraut, Sumpfdotterblumen, Zittergras, Schwertlilien, Vergißmeinnicht und viele andere Blumen. Manchmal hoppelte ein Hase über den Weg oder es kamen Rehe auf eine Lichtung, um zu fressen. Die Vögel sangen dazu, Schmetterlinge und Libellen flogen durch die Luft. Schon damals begann Helga die Natur zu lieben.

Aber es gab nicht nur die Ausflüge in die Umgebung. Helga lernte auch die Pflanzen kennen, die man essen kann. So pflückten die Kinder Sauerampfer, sammelten im Sommer Walderdbeeren, Himbeeren, Brombeeren und Blaubeeren und im Herbst suchten sie viele Pilze. Sie lasen Ären auf und stoppelten Kartoffeln, die auf den nahen Feldern liegen geblieben waren. Damit halfen sie, den kargen Speiseplan aufzubessern.

Nicht weit vom Haus war ein Graben, in dem Stichlinge schwammen. Die Kinder fingen die Stichlinge mit einem Kescher. Dann wurden die kleinen Fische gebraten und gegessen. Die Fische taten Irmgard und Helga leid, aber Hunger tut weh!

Die Kinder lernten Heilpflanzen, wie Huflattich, Kamille, Pfefferminze, Lindenblüten und Katzenpfötchen kennen, die auch als Morgen- und Abendtee getrunken wurden. Immer suchten die Kinder trockenes Reisig und Kiefernzapfen im Wald für das Kochfeuer und trugen mit ihren schwachen Kräften zum Überstehen der schweren Nachkriegszeit bei.

Der erste Schultag

So vergingen die Jahre und auch für Helga begann der „Ernst des Lebens". Sie sollte eingeschult werden. Bei der Schuluntersuchung stellte man fest, daß sie kurzsichtig war und eine Brille brauchte.
Am 1. September 1949 war der Einschulungstag. Dafür hatte ihre 7 Jahre ältere Schwester Edith eine Zuckertüte aus Packpapier gebastelt. Sie hatte die Tüte mit Sternchen bemalt, so daß sie recht bunt aussah. Dann wurde die Tüte mit Zeitungspapier ausgetopft und darüber waren ein paar Kekse gelegt. Oben war sie mit einem Band zugebunden.

Mit dieser Schultüte ging Helga mit ihrer Mutter und stolzgeschwellter Brust an einem Sonnabend zum ersten Mal durch den tiefen Wald zur Schule. Leider kamen sie zu spät. Alle anderen Kinder saßen mit ihren Eltern schon im Klassenzimmer. Als Helga noch an der Tür stand fragte der Lehrer, wer denn ein Lied kann. Helga meldete sich, trat vor die fremden Kinder und sang: „Alle meine Entchen". Dann wurden noch Fotos gemacht. Helga hat kein Einschulungsfoto. Man hatte kein Geld dafür.

Am nächsten Montag begann dann das Lernen. Es wurde buchstabiert, an den Fingern gerechnet und mit einem Griffel auf einer Schiefertafel die ersten Schreibversuche gemacht. Helga wurde eine gute Schülerin.

Helga hatte noch zwei weitere Schwestern, Lene und Gretel, die schon in der Lehre waren und nicht mehr zu Hause lebten. Gretel wohnte in Potsdam und half immer, wenn die Mutter kein Geld mehr hatte und Hilfe brauchte.

Schulwege

Nun gingen Helga und Irmgard regelmäßig die ersten vier Jahre durch den Wald zur Schule. Irmgard hatte längere Beine als die kleine Helga. So rannte Helga fast immer neben Irmgard im Dauerlauf zur Schule, denn sie waren meistens spät dran. Vom Frühling bis zum Herbst war der Weg durch den schönen Mischwald eine Freude.

Er führte über eine Wiese mit lila Knabenkraut, Margeriten und Lichtnelken. An dieser Wiese hatten sie einmal ein besonders Erlebnis. Sie hörten ein leises Glöckchen. Als sie in die Luft schauten, sahen sie einen großen Vogel fliegen, der dieses Glöckchen am Bein hatte. Sie wunderten sich lange darüber und vermuteten Jahre später, daß es ein entflogener Falke gewesen war.

Wenn sie gemeinsam durch den Wald liefen, redeten sie auch über ihre Wünsche. Lange Zeit war ihr größter Wunsch: Eine Tafel Schokolade. Die könnte doch ein Flugzeug abwerfen, das oft über ihren Luftraum nach Tempelhof flog. Aber nie geschah dieses Wunder. Dafür warf man Flugblätter herunter.

Im Winter wurde dieser lange Schulweg durch den Wald zum Problem. Die Nachkriegswinter waren schneereich und kalt. Das Schuhwerk war zu groß oder zu klein und wasserdurchlässig. Zu dieser Zeit hatten Helga und Irmgard Schuhe mit Holzsohlen. Wenn der Neuschnee feucht war, bildeten sich unter den Schuhsohlen dicke Schneeklumpen, die die Kinder alle paar Schritte an den Bäumen am Wegesrand abtreten mußten, sonst hätten sie umknicken und sich verletzen können. Dadurch kamen sie noch später in der Schule an. Die Lehrer hatten aber ein Einsehen und verhängten keine Strafen. Damals gab es noch keine Schulbusse in dieser Gegend.

Nach der 4. Klasse gingen Irmgard und Helga getrennt zur Schule. Helga bekam jetzt endlich eine Brille. Ihre Schwester Edith war mit ihr zum Augenarzt gegangen. Nun konnte Helga deutlich sehen, was an der Tafel stand. Jetzt riefen ihr aber die anderen Kinder „Brillenschlange" nach.

Noch immer mußte Helga sich beeilen, zur Schule zu kommen. Sie ging nun manchmal Wege, die breiter und belebter waren. Als sie schon in der 6. oder 7. Klasse war, sah sie an einem Feld ein Naturschauspiel am Himmel. Es war im November und recht kühl, aber trocken. Da färbten sich die Wolken in allen Farben über rosa, hellblau, gelb, grün und rot. So ein Farbenspiel hat sie nie wieder gesehen!

Spielzeit

Helgas Kindheit war aber nicht nur vom Herumstromern und von kleinen Arbeiten geprägt, sondern sie spielte auch viel. Sie baute sich in einem alten Schützengraben hinter dem Haus eine Bude und stattete sie mit Brettern als Möbel und Scherben als Geschirr aus. Sie „kochte" Essen aus Blättern und morschem Holz und aß Waldfrüchte zum Nachtisch. Im Winter bereitete sie „Schokoladeneis" aus Schnee und Asche. Eine richtige Puppe bekam Helga erst mit 12 Jahren. Bis dahin knotete sie ein paar Stofflappen zusammen und sprach mit ihrem „Baby". Sie war recht erfinderisch.

In ihrer Siedlung wohnten noch 3 andere Kinder. Mit ihnen spielte Helga besonders in den Ferien „Verstecken", „Völkerball", „1,2,3 verfaulter Hering", „Wer fürchtet sich vorm schwarzen Mann", „Hasche" und andere Spiele im Freien. Anführerin war immer

Irmgard, weil sie die älteste in der Gruppe war. Im Winter gingen die Kinder rodeln oder aufs Eis schlittern.

Abends versammelte sich Helgas Familie am Ofen, denn nur dort war es warm. Der Tisch wurde herangezogen und die Kinder spielten „Mensch ärgere dich nicht", „Halma", „Dame und Mühle" oder „Rommé". Die Mutter spann, strickte oder nähte und schlief vor Übermüdung ein. Außerdem lasen alle in der Familie gern und Bücher konnte man ausleihen.

Bald nach der Grundschulzeit verstarb Helgas Mutter. Helga verließ mit ihren Schwestern ihr Dorf und kam erst 12 Jahre später in diese Gegend zurück. Sie war entsetzt, was aus ihrer schönen Heimat geworden war.

Ein Teil der Parforce Heide war für die Schnellstraße von Potsdam nach Stahnsdorf und für die Großbaustelle „Am Stern" gerodet worden. Dadurch senkte sich der Grundwasserspiegel. Der Graben, in dem die Stichlinge lebten, war versandet. Die Wiesen, mit dem Knabenkraut und dem Zittergras, gab es nicht mehr.

Das Schild „Naturschutzgebiet" wurde immer wieder versetzt. Beschlossen von Menschen, die angeblich ihre Arbeit verantwortungsvoll leisteten. Alles im Namen des Fortschritts, aber zum Schaden der Natur!

Gela, Januar 2015

Kindheitserinnerungen

Man soll es nicht glauben, aber irgendwie wird man von der Vergangenheit immer wieder eingeholt. Vor einiger Zeit erhielt ich einen Anruf vom Bürgermeister Kreuch der Gemeinden Günthersleben-Wechmar. Eine interessante Unterhaltung ergab sich über die Entwicklungen, die sich in Günthersleben im letzten Jahrhundert ergeben haben.

Wie sich herausstellte, will man in Günthersleben-Wechmar die geschichtlichen Ereignisse aufarbeiten. Ich wurde gebeten, mit meinen Erinnerungen meinen Teil dazu beizutragen. Hier muß ich voraussetzen, daß ich in Günthersleben meine ersten 9 Lebensjahre verbrachte und alles, was ich im Folgenden wiedergebe, Kindheits- und Jugenderinnerungen sind. Diese können natürlich nicht immer dem Anspruch auf Genauigkeit und Richtigkeit gerecht werden, da die Brille eines Kindes eine andere ist, als die der Erwachsenen. Auch ist es für mich schwierig, alle Namen im richtigen Zusammenhang wiederzugeben, dies insbesondere von Personen, die ich in nicht angenehmster Erinnerung behalten habe. Die Nachfahren mögen mir, falls ich etwas Falsches wiedergebe verzeihen, und ich möchte sie bitten, entsprechende Korrekturen zu veranlassen.

Vorab einige Bemerkungen zu meiner Person:

Am 17. Dezember 1936 wurde ich in Gotha geboren. Meine Eltern, Georg v. Grebe und Johanna, geb. Beck, lebten in Günthersleben. Dort war mein Vater seit September 1935 Inspektor (allein verantwortlicher Verwalter) auf dem Gutshof. Dieser Betrieb mit rund 1350 Morgen (knapp 350 Hektar) Acker- und Wiesenfläche gehörte Baronesse Freia v. Swaine, die in Obertheres / Mainfranken bei ihrem Bruder wohnte.

Auf dem Gutshof verbrachte ich meine Kinderjahre bis zum 11. August 1945. An diesem Tage wurden wir, nachdem mein Vater verhaftet war, vom Hof verjagt. Wir fanden Unterschlupf bei Familie Ernst Braun in Günthersleben.

In Günthersleben besuchte ich den Kindergarten und

anschließend bis März 1946 die Volks- bzw. Grundschule. Nach der „Ortsverweisung" im März 1946 lebten wir, d.h. meine Mutter und meine Schwestern Anna-Marie (geb. 24. November 1940), Christine (geb. 5. Juni 1944) und ich, von März bis September 1946 im Nachbarort Schwabhausen, bis wir auch dort des „Kreises verwiesen" wurden.

Seit September 1946 wohnten wir in Buchfart, Kreis Weimar. Dort pachteten 1947 meine Eltern einen kleinen landwirtschaftlichen Betrieb von insgesamt rund 6 Hektar (davon knapp 5 Hektar Ackerfläche), den sie 1955 käuflich erworben haben.

In Buchfart und Oettern besuchte ich die Grundschule bis zum Abschluß nach 8 Jahren Schulzeit. Anschließend „durfte" ich die Geschwister-Scholl-Oberschule in Bad Berka besuchen, da meine Eltern aufgrund der Betriebsgröße ihres Hofes unter 5 Hektar zu den sogenannten „werktätigen Bauern" gehörten. Diese schloß ich 1955 mit dem Abitur ab.

Danach studierte ich bis Oktober 1958 in Dresden Maschinenbau. Die Aufforderung zur informativen

Mitarbeit beim Staatssicherheitsdienst der DDR veranlaßte mich, mein Studium in Dresden abzubrechen und es nach kurzer Suche in Braunschweig fortzusetzen. Nach einigen Jahren Tätigkeit an der TU Braunschweig wechselte ich ins Ruhrgebiet. Dort war ich in der Ausbildung für die Aufsichtspersonen im Bergbau (Steiger im Bergbau) bis zu meiner Versetzung in den Ruhestand tätig. Auch meine Eltern verlegten mit meinen Geschwistern 1959 auf Grund der bevorstehenden Kollektivierung, veranlaßt durch mehrfache freundliche Warnungen von Mitbewohnern, ihren Wohnsitz von Buchfart nach Dortmund (später nach Rust in Baden und danach nach Regensburg). 1966 verstarb mein Vater und meine Mutter zog nach Northeim.

Für den weiteren Fortgang habe ich mir folgende Vorgehensweise überlegt: Ich halte es für sinnvoll, meine Kindheitserinnerungen in einzelnen losen Abschnitten niederzuschreiben und diese der Gemeinde Günthersleben-Wechmar zur weiteren Verwendung zu überlassen. Auch habe ich mich diesbezüglich mit einer Nichte von Baronesse v. Swaine, Frau Alice Weber getroffen, die in ihrer Kindheit oft mit den

Eltern und auch Großeltern in Günthersleben „im Schloß" ihre Ferien verbrachte.

Hermann v. Grebe

Danke:

Herzlichen Dank an dieser Stelle, dem Herausgeber Knut Kreuch (Oberbürgermeister der Stadt Gotha), der einer Zweitveröffentlichung zugestimmt hat.

Diese Geschichten wurden bereits veröffentlicht im Buch „*Im Tal des wilden Wassers*", Chronik der Ortschaften Günthersleben und Wechmar.

Carmen Sabernak

Komm lieber Mai und mache

Christian Adolph Overbeck (1755-1821)
Von Mozart vertonte Fassung

Sehnsucht nach dem Frühlinge

Komm, lieber Mai, und mache
die Bäume wieder grün,
und lass mir an dem Bache
die kleinen Veilchen blüh'n!
Wie möcht' ich doch so gerne
ein Veilchen wieder seh'n!
Ach, lieber Mai, wie gerne
einmal spazieren geh'n!

Zwar Wintertage haben
wohl auch der Freuden viel;
man kann im Schnee eins traben
und treibt manch' Abendspiel;
baut Häuserchen von Karten,

spielt Blindekuh und Pfand,
auch gibt's wohl Schlittenfahrten
aufs liebe freie Land.

Doch wenn die Vögel singen,
und wir dann froh und flink
auf grünem Rasen springen,
das ist ein ander Ding!
Jetzt muss mein Steckenpferdchen
dort in dem Winkel stehen,
denn draußen in dem Gärtchen
kann man vor Kot nicht geh'n.

Am meisten aber dauert
mich Lottchens Herzeleid.
Das arme Mädchen lauert
recht auf die Blumenzeit.
Umsonst hol' ich ihr Spielchen
zum Zeitvertreib herbei:
Sie sitzt in ihrem Stühlchen
wie's Hühnchen auf dem Ei.

Ach, wenn's doch erst gelinder
und grüner draußen wär'!
Komm, lieber Mai, wir Kinder,
wir bitten gar zu sehr!
O komm und bring' vor allem
uns viele Veilchen mit!
Bring' auch viel Nachtigallen
und schöne Kuckucks mit!

Getreideernte in den 40-er Jahren

Die Arbeit in der Landwirtschaft ist bekanntlich von vielen Faktoren abhängig und vielfältig. Die Ernte war der Erfolg der jährlichen Feldwirtschaft. Das reife Getreide mußte gemäht werden. Anschließend erfolgte die Trennung der Körner von Stroh und Kaff (Spreu). Dies geschieht heute in einem Arbeitsgang mit dem Mähdrescher.

Vor 60 Jahren war dies alles viel umständlicher: Das fast reife Getreide mußte gemäht werden. Damit beim Mähen nicht schon viele Körner aus den Ähren ausfielen, wurde möglichst ein Zeitpunkt vor der Endreife gewählt. Das Mähen erfolgte damals auf zweierlei Arten.

Es gab schon seit über 100 Jahren die Mähmaschine mit Gespannzug. Der Mähbinder war erst ca. 3 Jahrzehnte bekannt. Weiterhin gab es den Ableger. Und wenn alles nicht ging oder nicht vorhanden war, half nur noch die Handarbeit, also das Mähen mit der

Sense und das Formen und Aufnehmen der Garben sowie Binden im eigenen Strohseil von Hand. Dies war besonders bei am Boden liegenden Lagergetreide erforderlich. Auf dem Gut in Günthersleben wurden ca. 2/3 der Fläche, also rund 200 Hektar Getreide angebaut. Neben etlichen Pferdegespannen und zwei Ochsengespannen gab es seit den 30-er Jahren 3 LANZ-Bulldogs (einen 15/30-PS-Kühlerbulldog mit Eisenbereifung, einen 38-PS-Bulldog mit Luftbereifung und eine 55-PS-Bulldog-Raupe) Ein Getreidefeld wurde von Hand rundum angemäht, d.h. es wurde die erste Fahrspur für den Schlepper mit Mähbinder angelegt, damit man nicht über das stehende Getreide fahren mußte, was reichlich Körnerverluste verursachte. Es waren zwei 7-Fuss-Mähbinder mit Zapfwellenantrieb vorhanden. Die Garben wurden mit Bindfaden (vor dem Krieg Sisalgarn und während des Krieges Papiergarn) gebunden und vom Mähbinder ausgeworfen. Damit das Getreide und auch das darin befindliche Unkraut (Disteln, Brennesseln, Melden usw.) ausreichend zum Einlagern trocknen konnte, wurden die Garben zu Stiegen (Hocken) aufgestellt, damit auch das Korn vom Boden weg war und möglichst nicht keimen konnte. Hatten schwere

Regenfälle das Getreide (Roggen tlw. bis 2 m hoch) niedergelegt, wurde das Mähen mit dem Mähbinder, auch trotz Ährenheber problematisch. Manchmal konnte das Mähen nur von Hand erfolgen. Mehrere Schnitter mähten hintereinander und zu jedem Schnitter war ein Garbenaufnehmer, meist eine Frau, erforderlich. Diese Arbeiten erfolgten natürlich im Sommer bei glühender Hitze und entsprechender Trockenheit. Dies war eine fürchterliche Knochenarbeit – ich weiß aus persönlicher Erfahrung, wovon ich rede – . Natürlich mußten zum Feierabend alle Garben zu Stiegen aufgestellt sein; es könnte ja nachts ein Regenguß kommen.

Zum Vergleich einige Zahlen: Ein Mähbinder schaffte während eines Arbeitstages etwa 5 – 6 Hektar (50.000 bis 60.000 m²) Getreide zu mähen. Ein guter Schnitter schaffte mit seiner Garbenaufnehmerin ca. 2000 m² (vielleicht 2500 m²) pro Tag. Also, ein vom Schlepper gezogener und angetriebener Mähbinder ersetzte 20-30 Schnitter. Aber auch nach dem Mähbinder mußten die Garben von Hand aufgestellt werden. Waren die Stiegen ausreichend getrocknet und erlaubte es die Wetterlage, konnten die Garben auf

Wagen zu großen Fuhren geladen werden, um sie dann zu entsprechenden Sammelstellen zu fahren. Die Garben wurden von Hand mit langen Gabeln auf den Wagen gehoben. Auf dem Wagen befanden sich ein bis zwei Personen, die die Garben ordentlich zu Fuhren stapelten: Die Stoppelseite immer nach außen und die Ährenseite zum Wageninneren, damit ausfallende Körner nicht verloren gingen. Das immer noch ungedroschene Getreide wurde entweder in Scheunen eingelagert oder gleich zur Dreschmaschine gefahren. Bei guter Wetterlage wurde die Dreschmaschine möglichst zentral zu den Getreidefeldern aufgebaut und mit einem Elektromotor (falls Strom vorhanden) oder mit einem der Bulldogs über einen langen Flachriemen angetrieben. Vielfach wurde dies auch mit einer Dampfmaschine (Lokomobile) durchgeführt. Eine solche Lokomobile besaß das Gut in Günthersleben (später jedoch näheres darüber) nicht. Das ausgedroschene Korn (Roggen, Weizen, Gerste oder Hafer) oder Hülsenfrüchte (meist Erbsen oder Pferdebohnen) wurde in Säcken abgefüllt und mit Wagen zum Gut oder zu Getreideaufkäufern gefahren. Pro Stunde wurden ca. 20 dz = 20 dt. = 40 Ztr. = 2 t Körner gedroschen. Das leere Stroh wurde mit einer Strohpresse zu quaderförmigen Ballen gepresst und über eine Rutsche hochgedrückt, von wo diese entweder auf einen Wagen fielen oder es wurde auf dem Feld, gleich hinter der Dreschmaschine ein großer Strohschober angelegt. Das Stroh wurde dringend benötigt für die Einstreu in den Ställen für das Vieh oder als Füllung für Strohsäcke fürs Bett, um darauf zu schlafen. Die anfallende Spreu (Kaff) kam entweder auf den Kompost (Roggen- und Gerstenspreu). Die Weizenspreu wurde in großen Spreuwagen aufgesammelt und zum Gut gefahren, wo sie als Futterzusatz für die Rinder und Schafe Verwendung fand.

Dieser Felddrusch hatte mehrere Vorteile:
- Weniger Arbeitsgänge, da das Zwischenlagern in der Scheune wegfiel.
- Das verkaufsfähige Korn stand schnell zur Verfügung.
- Keine Verluste (Ausfall und Schädlingsfraß).
- Weniger Scheunenvolumen, da das Stroh in offenen Strohschobern gelagert werden konnte.
- Keine Emissionen beim Dreschen in engen, wenig belüfteten Scheunen, dadurch ergonomischer.

- Kurze Wege für den Transport des ungedroschenen Getreides.

Der Felddrusch konnte natürlich nur bei bester Wetterlage durchgeführt werden. War dies nicht möglich und mußte wegen der Regengefahr schnell eingefahren werden, blieb nur die Einlagerung in überdachten offenen oder geschlossenen Scheunen übrig. Das Dreschen als Scheunendrusch erfolgte dann später, meist im Winter, wenn es draußen nichts mehr zu tun gab. Die Dreschmaschine wurde in einer Tenne, also einem überdachten Platz – möglichst in der Nähe des eingelagerten Getreides (Banse) – aufgestellt.

Dahinter die Strohpresse mit Rutsche in die nächste Banse zum Einlagern des Strohs für die Einstreu für das Vieh. Der Antrieb erfolgt auch hier mit Bulldog, später mit Elektromotor bzw. aus Energiegründen während des Krieges mit geliehener Lokomobile, die mit Holz und/oder Industriebriketts geheizt wurde. Hier muß ich immer noch den Maschinisten Kronfeld bewundern, der sowohl mit den Bulldogs umgehen konnte als auch die Lokomobile bediente. Wenn früh um 8 Uhr mit dem Dreschen begonnen wurde, mußte

Herr Kronfeld schon gegen 4 Uhr auf den Beinen sein, um die Lokomobile vorzuheizen, damit dann bei Arbeitsbeginn genügend Dampfdruck vorhanden war. Man kann sich vorstellen, wie staubig es in den geschlossenen Scheunen beim Dreschen zuging. Alle dort beschäftigten Menschen: Zwei auf der Maschine zum Garbenaufschneiden und -einlegen, vier zum Herbeischaffen der Garben aus der Banse, einer zum Kontrollieren der Sackabfüllung und zum Wechseln der Säcke, einer zum Wegtragen der Säcke, einer zum Stapeln der Strohballen und der Maschinist mußten diesen Staub ertragen.

Diese Mitarbeiter kamen alle aus dem Dorf Günthersleben als ständige Mitarbeiter oder als Tagelöhner. Während des Krieges, als viele männliche Mitarbeiter eingezogen waren, wurden dem Gutsbetrieb Günthersleben etliche Zwangsarbeiter zugewiesen. Dies waren m.W. rund 40 Personen (tlw. als Ehepaare mit Kindern) aus Polen und 2 Personen aus der damaligen UdSSR. Sie wohnten in den zum Gutsbetrieb gehörenden Häusern an der Straße nach Gotha, wo sie sich selbst versorgten.

Das gedroschene Korn wurde meist auf dem Getreideboden eingelagert. Von Zeit zu Zeit mußte zwecks Belüftung umgeschaufelt werden. Hierzu war extra eine Person ständig beschäftigt. Das Getreide in Säcken wurde über einen Aufzug in die zweite Etage des Getreidebodens gehoben. Von dort ging es durch die Reinigung, um dann abgesackt verkauft zu werden, oder es wurde als Saatgut, Mahlgetreide oder Futtergetreide eingelagert. Das Futtergetreide wurde mit einer betriebseigenen Schrotmühle zu Schrot für das Vieh gemahlen. Der Gutsbetrieb war anerkannter Saatgutvermehrungsbetrieb, was natürlich für die Erlöse für das Getreide günstiger war. Vom Getreide erhielten sowohl deutsche Mitarbeiter als auch die Fremdarbeiter wöchentlich Deputate.

Dieser Abriss soll in kurzen Zügen aufzeigen, wie aufwendig, schweißtreibend, kräftezehrend, gesundheitsschädlich usw. die damaligen Erntearbeiten waren. Heute haben sich diese Arbeiten dank großer Mähdrescher mit starken Motoren im Wesentlichen auf ein bis zwei Personen reduziert. – Energie und Technik machen es möglich.

PS. Ich erinnere mich, daß 1941 ein Versuchsmähdrescher der Firma Claas, wozu 3 separate Spreuwagen nötig waren, in Günthersleben ausprobiert wurde. Dieser mußte von einem starken Schlepper gezogen werden. In diesem Fall war es die 55-PS-Bulldog-Raupe, die gleichzeitig über Zapfwelle den Mähdrescher antrieb. Der 10,3 Liter-Ein-Zylinder-Motor lief natürlich nicht konstant rund. Dies führte zu großen stoßartigen Belastungen des gesamten Antriebssystems vom Mähdrescher und verursachte entsprechende Schäden. Diese Schadensursache war jedoch damals nicht bekannt. Man schob es auf Mängel des neu entwickelten Mähdreschers.

Noch eine kleine Anmerkung zum Schluß und zur Anregung für heutige Verhältnisse: Während der Ernte brach in der Kriegszeit an einem Mähbinder ein Einstellhebel. Spät nachmittags wurde dieser Schaden bei der Firma LANZ in Mannheim telefonisch (über Fernamtsvermittlung) gemeldet. Am nächsten Morgen konnte der Ersatzhebel in Gotha an der Expreßgutstelle abgeholt werden und somit ging die Arbeit pünktlich weiter.

Die Feuerzangenbowle in Günthersleben

Wer kennt sie nicht die herzerfrischende Verfilmung der Feuerzangenbowle mit ihren lustigen, aber nachdenklichen Streichen. Diese muß der Anlaß für die nun aufgezeigte Story gewesen sein, die sich vor den Sommerferien 1944 begeben hat. In der Gutsverwaltung war damals Inge Rost, die „lange Inge" aus Leipzig tätig. Im Gutshaushalt wurden ständig Hauswirtschaftslehrlinge ausgebildet. Nebenbei praktizierten auch junge Mädchen, um einmal in einen größeren landwirtschaftlichen Betrieb zu schauen und die täglichen Arbeiten kennen zu lernen. So war auch vom 22. Juni bis zum 19. Juli 1944 Hannelore Scherer als Praktikantin im Haushalt meiner Eltern. Sie schrieb folgende Zeilen in unser Gästebuch:

Als Praktikantin kam hierher
Aus Gotha Hannelore Scherer.
Sie wollte die Arbeit in einem Gutshaushalt lernen,
dazu gehörte natürlich auch Kirschen auskernen.

Puten, Gänse, Enten, Hühner füttern,
und die Hatz nach Enten konnte sie nicht erschüttern.
Im Gegenteil, es machte ihr viel Spaß,
wenn alles gackerte, schnatterte und fraß.
Und einmal hat sie sich ganz prächtig blamoren,
daß sie ward rot bis über die Ohren:
Als Tee sollt eingegossen
und nur Wasser kam geflossen.
Die zweite Blamage kam bald dazu:
Sie gönnt dem Hausherrn im schönsten Teil des Hauses keine Ruh'.
Das alles war bestimmt nicht im bösen Sinn,
auch wenn sie mit Fräulein Inge auf nächtliche Wanderung ging.

Doch einmal waren alle sie sehr bange,
als Anna-Marie, die kleine Range,
beim Ruhen eine Klemme verschluckte,
Kartoffelbrei bekam sie, daß sie ruckte.
Und Hermann ganz als Vaters Sohn,
der kannte die Maschinen schon.
Christinchen mit dem Grübchen
oft zögerte mit dem Böllerchen im Stübchen.

Der Hausfrau möchte sie herzlich danken für ihre Lehren,
damit sie konnt ihr Wissen reichlich vermehren.

Und auch dem Hausherrn
mocht' danken sie recht gern.
Alles in allem,
Ihr hat's hier prima gefallen.
Und hat sie Zeit, guckt gern rein zum Tore.
Mit tausend Dank. Scherer Hannelore.

Darin ist der Hinweis, der auf einen Streich der Feuerzangenbowle führt, verzeichnet.

Eines Abends verkleidete sich die „lange Inge" als junger Bursche. Hannelore Scherer, als dralles, flottes Mädchen und die verkleidete Inge zogen, als Liebespaar getarnt, nachts durch Günthersleben und machten die Gegend unsicher. Wie diese zwei nachts unbemerkt aus dem Haus und vom verschlossenen Hof kamen, ist bis jetzt ihr Geheimnis. Jedenfalls schafften sie es von allen, auch von den Hunden unbemerkt, den Gutshof zu verlassen und wieder zurückzukehren. Wenn irgendjemand in Sicht kam, wurde ein Liebespärchen markiert. Wie alle älteren Günthersleber Bürger wissen, befand sich an der Straße nach Seebergen – einem besseren Feldweg – die Dorfschule. Was sie alles unterwegs nach dort anstellten, entzieht sich meiner Kenntnis. Der Clou war nun in einem vorbereiteten Schild, das wahrscheinlich heimlich im Büro der Gutsverwaltung angefertigt worden war, mit der gut lesbaren Aufschrift:

WEGEN BAUARBEITEN HEUTE KEINE SCHULE!

Dies schnell ausgerollt und mit einigen Heftzwecken an den festen, nicht geöffneten Türteil geheftet, wurde vom in der Schule wohnenden Lehrer nicht bemerkt und bewirkte die gleiche Freude bei allen Kindern wie im Film. Alles nahm seinen gleichen Lauf: Der Übeltäter wurde vom Ortsgendarm gesucht und nicht gefunden. Alle Jungen der letzten beiden Klassen wurden einzeln verhört, was teilweise recht peinlich, aber immer erfolglos war.
Etliche Dorfbewohner hatten ihren Spaß an diesem Streich und er war für einige Wochen Tagesgespräch in den damaligen schweren Kriegstagen.

Verfasst am 17. Juli 2001

Kartoffeldämpfen fürs liebe Vieh

Wie heißt es so schön: **Kartoffeln schmecken am besten, wenn sie durchs Schwein veredelt wurden.**

Auf dem Gutshof in Günthersleben wurden etliche Zuchtsauen gehalten, die jährlich pro Sau 15 bis 20 Ferkel warfen. Diese Zuchtsauen konnten im Sommer auf der so genannten Schweineweide die frische Luft einatmen, sich von der Sonne bescheinen lassen, sich in den Schatten legen oder was sie am liebsten taten, sich im feuchten Boden so richtig suhlen. Ein kleiner Bach, der zum Teich fließt und heute kanalisiert ist, sorgte für die nötige Feuchtigkeit. Nur eines konnten diese Sauen leider immer nur kurze Zeit: Frisches Gras fressen, denn dazu war die Schweineweide zu klein. Das Grüngut konnte einfach nicht schnell genug wachsen und wurde auch breitgetreten. Also mußten die Sauen gefüttert werden. Auch die Mastschweine, die zum Verkauf und für den Eigengebrauch gehalten und gefüttert wurden, benötigten ihr Futter. Dies bestand im Wesentlichen aus betriebseigenen Produkten: Grüngut, Schrot aus Futtergetreide und Kartoffeln.

Da die Kartoffeln im Herbst geerntet wurden, aber die Fütterung bis zur nächsten Ernte andauerte, mußten die Kartoffeln sinnvoll gelagert werden. Erstens sind sie frostempfindlich und verlieren dabei reichlich Nährstoffe. Bei Kellereinlagerung oder Einmietung verlieren die Kartoffeln nicht nur Wasser durch Verdunstung, sondern es bauen sich dabei etliche Nährstoffe ab. Eine bessere Konservierung ist das Silieren von gekochten Kartoffeln zu Kartoffelsilage, dem *„Sauerkraut für Schweine"*. Dazu waren hinter dem Gutshof, über der zweiten Teichbrücke, neben der großen Scheune mehrere viereckige Beton-Silos, die mit gekochten Kartoffeln gefüllt werden konnten. Da zu viel Feuchtigkeit für das Silieren ungünstig ist, wurden die Kartoffeln nicht gekocht, sondern gedämpft. Für diese Aktion wurde ein Lohnunternehmer mit einer Dämpfkolonne beauftragt, die Kartoffeln noch vor der Frostperiode zu dämpfen.

Diese Dämpfkolonne bestand aus einem Wagen mit

einem großen Heizkessel, drei Dämpfern und einer Kartoffelwaschmaschine. Die Dämpfer wurden vom Wagen mit einem zweirädrigen Karren von Hand gezogen und in Reih' und Glied neben dem Dampfkessel aufgestellt. Die Kartoffeln wurden mit der Waschtrommel gewaschen und in die Dämpfer gefüllt. Dies waren runde Behälter, die meines Wissens rund 10 bis 12 Ztr. Kartoffeln fassen konnten. Oben wurde der Dämpfer mit dem Deckel und einem Spannbügel nach dem Befüllen dicht verschlossen. Seitlich wurde nun ein dicker, isolierter Schlauch an ein in den Kessel führendes Rohr angeschlossen, das auf der anderen Seite vom Heizkessel mit Dampf gespeist wurde. Das Rohr im Dämpfer hatte mehrere kleine Löcher, aus denen nun der Dampf zu den Kartoffeln strömen konnte. Nach Erreichen des nötigen Druckes öffnete sich am Dämpferkesseldeckel ein Überdruckventil und etwas Dampf konnte nun entweichen, so daß ständig heißer Dampf mit Überdruck nachströmte. Es wurde also, ähnlich wie heute im Schnellkochtopf, mit erhöhter Siedetemperatur gedämpft.

Nach knapp einer ½ Stunde war eine Füllung durchgegart und fertig. Mit dem zweirädrigen Karren wurde der gesamte Dämpfer über das Beton-Silo gerollt und dort der Inhalt in die große Grube gekippt. Nun konnte der Dämpfer für die nächste Charge wieder gefüllt werden. Die abgekippten Kartoffeln wurden mit großen Holzstampfern im Silo kräftig gestampft, denn alle Luft muß zur richtigen Silierung vollkommen entwichen sein. War die Silogrube dann voll, wurde sie mit einer Spreuschicht abgedeckt und mit Erde gleichmäßig beschwert. Die Erde mußte tonig oder lehmig sein, damit möglichst wenig Luft eindringen konnte. Nach ca. 6 Wochen Einlagerungszeit ist der Silierungsprozess abgeschlossen, und die Kartoffelsilage steht zur Fütterung bereit.

Ein kleiner Nebeneffekt beim Dämpfen: Bei der Dämpfkolonne befand sich immer ein Salzfäßchen. Jeder, der vorbeikam, holte sich schnell einige frisch gedämpfte Kartoffeln, pulte die Schale ab und aß sie mit ein paar Körnchen Salz. Es war immer eine recht köstliche zusätzliche Speise, die bei der vielen körperlichen Arbeit gern zwischendurch zu sich genommen wurde. Auch nahm sich dieser oder jener eine Portion mit nach Hause, um die herrlich frisch gedämpften Kartoffeln z.B. mit Quark im familiären

Kreis zu genießen.

Aber nicht nur Menschen und Schweine hatten ihre Vorteile. Die Dämpfkolonne benötigte zum Kartoffelwaschen und dann zum Dämpfen und jeweils zum Reinigen des Dämpfers viel Wasser. Dies entnahm man dem, um den Gutshof geschwungenen, Teich. Das Abwasser mit etlichen Kartoffelresten und sonstigen vom Feld kommenden Abfällen floß in den Teich zurück. Also hatten auch die im Teich lebenden Karpfen und auf dem Teich schwimmenden Enten und Bläßhühner ihre Kartoffel-Festtage.

Natürlich bekamen die Schweine während dieser Dämpftage täglich frisch gedämpfte Kartoffeln, was sie uns allen durch schöne Koteletts und schmackhaften Schinken dankten.

Durchzug von Flüchtlingen mit ihren Trecks

Als Kind erlebte ich die Kriegsjahre und -tage auf dem Land in Günthersleben wohl behütet, mit ausreichender Ernährung und immer in einer warmen Stube. Die Kriegseinwirkungen waren für uns kleinen – ich war 1945 acht Jahre alt – nichts Aufregendes und Schlimmes. Wir waren nicht ausgebombt. Mein Vater war als Betriebsleiter nicht eingezogen worden. Die Brüder meiner Eltern kamen in „schneidiger Uniform" im Urlaub einmal vorbei. Was dabei erzählt wurde, bekamen die Kinderohren nicht zu hören. Auch wollten die Urlaubssoldaten, so war es mein Eindruck, die Erlebnisse an der Front verdrängen und wenig darüber reden. Nur eines machte mich damals schon recht stutzig: In unserem Esszimmer, wo wir immer mit rund 10 Personen aßen, hing seit ca. Frühjahr 1944 eine Wandkarte von Europa. Darauf wurden nach Zeitungs- und Radioberichten die Frontverläufe im Osten und Westen fast täglich neu abgesteckt. Mir fiel dabei auf, daß der von Deutschland beherrschte Bereich täglich kleiner wurde.

Ab Ende 1944 kamen Flüchtlinge aus Ostgebieten durchgezogen. Diese kamen noch recht komfortabel, teilweise mit Auto oder mit der Bahn. Es waren vielfach auch damals in Deutschland lebende Ausländer, die in ihre westliche Heimat wollten, aber zumindest wollten sie näher an der Westgrenze sein. Oder es waren Mitbürger die in den Großstädten ausgebombt waren. Oft schliefen auf dem Gut in Günthersleben mehrere Familien oder Gruppen.
Diese wurden, soweit es die Mittel erlaubten, auch beköstigt, teils gegen Abarbeitung, teils gegen Bezahlung, meist jedoch gratis. Anfang 1945, ab ca. Mitte Januar kamen immer mehr Menschen durchgezogen und suchten eine Bleibe, zumindest für ein paar Tage. Jeder wußte, daß die Städte wegen der Bombenangriffe nicht sicher waren, also zog man über Land. Auch gab es da meist leichter etwas zum Beißen. Zum Glück waren im Haushalt meiner Eltern auf dem Gutshof immer noch zwei Mädchen, als Pflichtjahrmädchen oder als Lehr-

linge beschäftigt, hinzu kamen oft noch Praktikantinnen. Somit war es überhaupt möglich, für diese vielen Mäuler täglich die Mahlzeiten zuzubereiten. Die Mitarbeiter des Hofes verlangten in ihren Pausen natürlich auch pünktlich ihren Kaffee, aus gebrannter und gemahlener Gerste aufgebrüht. Die Milch war noch echt, sie kam aus dem Kuhstall. Ausreichend Zucker war wegen der Zuckerrübenproduktion und die dadurch gegebenen Kontakte zur Zuckerfabrik immer vorhanden. Die Rationen, die es auf die Lebensmittelmarken gab, reichten für die vielen Leute natürlich hinten und vorn nicht. Vorrangig wurden natürlich die Mitarbeiter des Gutes, einschließlich der schon in anderen Berichten genannten Zwangsarbeiter, mit Lebensmitteln als Deputat versorgt, denn die Arbeiten auf Hof und Feld hatten für das Überleben vieler Menschen Vorrang, um weitere Nahrungsmittel zu erzeugen.

Wie schon beschrieben, wurden die Trecks, die in den ersten vier Monaten des Jahres 1945 kamen, immer mehr und immer abenteuerlicher. Die Menschen kamen mit Handwagen, Pferdefuhrwerken, Ochsenwagen oder nur zu Fuß. Aus Spritmangel konnte kaum jemand noch mit einem erhaltenen, nicht eingezogenen Auto fahren. Es mußten also nun nicht nur die Menschen versorgt werden, sondern auch die überarbeiteten, heruntergekommenen Zugtiere erforderten reichliche Futtermengen. Zum Glück hatten wir 1945 ein relativ zeitiges Frühjahr, so daß die Tiere zur Weide geführt werden konnten.

Geschlafen haben die durchziehenden Flüchtlinge meist in dem schon leer gewordenen Bereich der Scheunen auf Stroh oder auf ihren eigenen Wagen, um diese gleichzeitig zu bewachen. Diese Flüchtlingstrecks waren sehr gemischt: Mal waren es vertriebene Deutsche aus den durch Russen besetzten Ostgebieten (insbesondere Schlesien und Ostpreußen, oder es waren Menschen, die in den Städten ausgebombt waren.

Diese Trecks zogen in alle Richtungen. Z.B. wollte eine Familie aus Kassel in die Leipziger Gegend, nach der Besetzung durch die Amerikaner zu Ostern 1945 kamen weitere Trecks von Zwangsarbeitern aus östlicher Richtung, die nach Frankreich und Belgien wollten.

Vereinzelt kamen auch Polen, die vor der russischen Besatzung geflohen waren.

Nicht gefangen genommene einzelne Soldaten wollten natürlich schnellstens in ihre Heimat. Dies waren meist Einzelgänger. Diese lebten ständig in der Angst, gefangen genommen zu werden.

Natürlich kam es beim Durchzug oft auch zu Problemen, zu Streitigkeiten, zu Drohungen usw. Es gab ja nach der Besatzung durch die Amerikaner noch keine Polizei oder sonstige Ordnungskräfte. Die Amerikaner hatten mit dem Aufbau einer neuen Verwaltung mit ihren Sprachschwierigkeiten genug zu tun. So mußte sich schließlich jeder selbst ausreichend sichern und ggf. verteidigen.

Hier muß ich den in Günthersleben zugewiesenen Zwangsarbeitern im Nachherein ein riesiges Lob aussprechen. Einer von ihnen, der offensichtlich zu einer Art Sprecher ernannt worden war, kam zu meinem Vater, ich stand daneben, und er sagte mit ganz bestimmter Stimme: „Chef, das ist unser Betrieb. Wenn wer kommt und will klauen, dann du

Pfeifen oder Sohn schicken." Ich höre noch meinen Vater aufatmen, obwohl ich die Situation damals noch gar nicht in voller Tragweite ermessen konnte. Es gab allen Beteiligten eine gewisse Sicherheit und stärkte die Zusammengehörigkeit in dieser unsicheren Zeit.

Ich weiß nicht wie viele Menschen durch Günthersleben gezogen sind und wie viele davon auf dem Gut übernachtet haben und etwas zu essen bekamen. Im Gästebuch meiner Eltern haben sich etliche durchreisende Menschen verschiedenster Nationalität eingetragen. Was wird wohl aus allen geworden sein? Es waren jedenfalls ganz verrückte Zeiten.

Plötzlich verließen uns unsere polnischen und russischen Zwangsarbeiter, teilweise mit Tränen bei der Verabschiedung in den Augen, und zogen gen Westen. Sie hatten erfahren, daß bei Verhandlungen der Besatzungsmächte ein Tausch von Sachsen und Thüringen an die Russen gegen Westberlin an die Westmächte stattgefunden hatte. Mit den Amerikanern verließen uns nun auch die Zwangsarbeiter.

Hermann v. Grebe

Die Autoren:

GELA (Jahrgang 1943)

Hobbies: Theatergruppe, Wandern

Dr. Hermann v. Grebe (Jahrgang 1936)

wurde geboren in Gotha/Thüringen und erlebte seine Kinderjahre bis 1945 in Günthersleben bei Gotha. Sein Vater war Inspektor in einem größeren landwirtschaftlichen Gut. Das hatte zur Folge, dass die gesamte Familie nach 1945 erst aus Günthersleben und später auch aus dem Kreis Gotha vertrieben wurde.

Sie baute sich eine neue Existenz in der Nähe von Weimar auf. Hermann v. Grebe studierte erst in Dresden, verließ die DDR durch Flucht nach Westberlin und studierte später in Braunschweig. 1963 war er als Wissenschaftlicher Mitarbeiter, später als

Assistent am Institut für Maschinenelemente und Fördertechnik der TU Braunschweig tätig. Er promovierte 1971 und erhielt bis 1997 Lehraufträge an Fachschulen in der Region, 1992 Ernennung zum Studiendirektor für das Fach Maschinenwesen an der Bergfachschule.

Seit 1962 ist er verheiratet, hat 3 Kinder und 4 Enkel. Seit 1972 lebt er mit seiner Familie im eigenen Haus in Bochum. Noch immer fährt er mit seiner Frau jedes Jahr zum Camping-Urlaub in Premantura und nach Kroatien/Istrien. Er pflegt seine Leidenschaften auch im Unruhestand (seit 1997) weiter. So zum Beispiel: Jagd; Oldtimer-Traktoren und Landtechnik (1984 Erwerb eines Lanz-Bulldog als Oldtimer); Doppelkopf-Spiel.

Carmen Sabernak (1958),

Schreibt am liebsten mit Blick auf das Meer oder auf ihrer Rosenbank im Familiengarten.

Bisher erschienen

Aus der Reihe „Perlen unserer Erinnerung"
sind bereits erschienen:

„*Hannas Weihnachtsengel*"
erschienen 2013 im BoD Verlag

ISBN: 9783732280414

Preis: 5,00 Euro

„*Begegnungen im Leben*"
erschienen 2013 im BoD Verlag

ISBN: 9783732280889

Preis: 5,00 Euro

„*Verlust und Wiederfinden*"
erschienen 2015 im BoD Verlag

ISBN: 9783734745812

Preis: 5,00 Euro

„*Elli*"
erschienen 2015 im BoD Verlag

ISBN: 9783734769276

Preis: 5,00 Euro

„*Mein Berlin - Mitten mang und Dichte bei*"
erschienen 2015 im BoD Verlag

ISBN: 9783738613599
Preis: 5,00 Euro